AF200082

1

2

Peter Grande

Mein Leben von damals bis heute in Wanne-Eickel

Ein kleines Portrait aus meinem Leben

Bibliografische Information der Deutschen Nationalbibliothek:
Die Deutsche Nationalbibliothek verzeichnet diese Publikation
in der Deutschen Nationalbibliografie; detaillierte bibliografische
Daten sind im Internet über abrufbar.

Cover Foto: Peter Grande
Autor und Herausgeber: Peter Grande

Herstellung und Verlag:
BoD – Books on Demand, Norderstedt

ISBN: 9783748166849

Das Vorwort zum diesem Buch

Mein Name ist Peter Grande und ich bin der Autor dieses Buches, ich bin der Älteste von 4 Geschwistern und hatte noch 2 Brüder und als Nesthäkchen, eine kleine Schwester. Ich bin in Wanne Eickel geboren, als es noch alles ganz anders ausgesehen hat, man hatte viel mehr Möglichkeiten als Kind zu spielen. Zum Beispiel Fußball, Verstecken oder auf Bäume zu klettern. Das sind meine Erinnerungen an eine unbeschwerte, glückliche Kindheit in Wanne-Eickel.

Zu dieser Zeit war der echte Ruhrpott noch zu sehen. Durch die vielen Zechen, Brauereien, aber besonders stand dort die Hülsmann Brauerei. Der Hopfen wurde mit Pferd und Kutsche angeliefert oder auch abgeholt. Es wurde sehr viel mit Pferd und Kutsche gearbeitet. Auch die Linienbusse fuhren mit Strom, durch zwei Masten welche den Stromleitungen zugeführt wurden. All diese schönen Sachen habe ich miterleben dürfen, weil damals Kind noch Kind sein durfte. Nun meine lieben Leser, alles was ich hier im Buch geschrieben habe, ist auch von mir so erlebt oder gesehen worden. Ich hatte eine sehr schöne Kindheit erleben dürfen, ohne viele Verbote, so wie es heute leider teilweise ist.

Dieses Buch zeigt euch mein Leben auf, von früher als Kind und bis heute als Rentner.

Meine Kindheitserinnerungen in Wanne-Eickel

Alles das was ich euch hier nun mitteile, habe ich selbstverständlich auch alles selbst erlebt, mein zu Hause, bei Oma und Opa, eine schöne Erinnerung die ich nun mit Euch teilen möchte.

Mein Geburtsjahr ist 1949, und ich bin im Herzen von Eickel geboren, das prägte meine Liebe zu dem Stadtteil Eickel. Mein Geburtshaus steht noch immer an gleicher Stelle.

Es war ein Haus, wo zu dieser Zeit Särge hergestellt wurden, an diesen musste man immer vorbei gehen wenn man im Keller wollte. Der Anblick war für uns Kinder nicht gerade schön, aber man hat sich mit der Zeit daran gewöhnt.
Ebenso waren die Toiletten nicht wie heute in der Wohnung, sondern man musste über einen Flur dort hingelangen, auch das Waschen war auf dem Flur nur zu machen. Irgendwie war damals alles anders, aber trotzdem schön.

Gegenüber vom Geburtshaus war die große Polizei Wache, denn damals gab es noch kein Eickel Center so wie heute es dort steht.

Hinter dieser Polizei Wache war ein kleiner Park mit einer riesiger Wiese, der wurde bewacht durch einen Parkwächter. In der Nähe der Johanneskirche standen einige Häuser, hier fand ich meine Freundin und einen Freund.

Zurück zur Wache:
Als Kind war ich hier sehr oft gewesen, durfte über mehrere Jahre helfen, den Weihnachtsbaum zu schmücken, oder auch im Polizeiauto mitfahren. Immer wenn ich zum Milchbauer Nolting musste, dieser war in der Marienstrasse, hatte ich das Glück das man mich gesehen hatte und so hat man mich dann zum Milchbauern gefahren oder auch abgeholt. Eines Abends stand dann die Polizei bei uns vor unserer Tür, Mutter ist kreidebleich geworden, aber man wollte nur meine Mütze, welche ich im Polizeiauto vergessen hatte, wieder zurück bringen.

Hinter der Polizei Wache war eine Bonbon Bude, dort bekam man wirklich alles zu kaufen. Hier musste ich für unsere Nachbarn die schon Älter waren Zigarellos, Stumpen oder auch Bier kaufen gehen. Diese saßen im Hof gemütlich zusammen, oft mit einer Ziehharmonika und haben geraucht und getrunken. Hier hat man sich immer getroffen, um sich mit den Nachbarn zu Unterhalten und zu Feiern!

Aber auch um Wäsche aufzuhängen.

Ja, es gab sogar eine Stange nur um den Teppich auszuklopfen, was dann immer meine Arbeit war.

Wenn der Wäschetag war, mussten dann alle Kinder helfen, ab in den Keller wo schon die Waschmaschine am laufen war, „Wusch, Wusch, Wusch", sagte der Wassermotor. Als die Wäsche fertig war, nahm man sie raus und drehte sie durch zwei Rollen trocken, solange bis kein Wasser mehr raus kam.

Nachdem die Wäsche aus dem Bottich war, ging es zum Baden über in eine große Zinkbadewanne, hier wurde das warme Wasser aus dem Bottich genommen und mit heißes Wasser vermischt. Alle Kinder kamen hinein, wir wurden gebadet und hatten unseren Spaß dabei.

Anschließend war der Keller voller Dampfschwaden, Da nur sehr kleine Fenster im Keller vorhanden waren, dauerte es sehr lange Zeit um alle Schwaden wieder raus zu bekommen, dafür dachten draußen die Leute da unten brennt es, soviel kam heraus.

Nach dem Baden brachte uns Mutter alle wieder nach oben, wieder vorbei an alle bereitgestellten Särge, wo man immer noch weiter daran gearbeitet hat.

Schnell noch was Essen, dann ab ins Bettchen.

Da ich der erste im Kindergarten war, musste ich auch meine Geschwister dort hinbringen, was ich auch sehr gerne getan hab, ich habe aber auch immer wieder zwischendurch etwas Mist verzapft. Dadurch kamen wir oft zu spät im Kindergarten an. Mit der Zeit musste mein jüngerer Bruder dieses übernehmen und ich hatte dadurch mehr Zeit zum spielen.

Ganz in der nähe vom Wohnort war eine Ruine, umgeben von vielen Bäumen und Büsche, die wurde von uns Hülleck genannt, warum kann ich nicht mehr sagen, vielleicht hieß dieses auch so.
Diese alte Bauruine hatte viele Gänge zum erkunden, verstecken spielen oder auch Räuber und Polizist. Man konnte bis zur Spitze der Bäume klettern, Holzhäuser darauf bauen, oder auch aus einer größeren Höhe springen ohne sich zu verletzen.
Heute ist dort wo früher der Hülleck war der Durchgang zum Eickeler Tierpark.

Nebenan steht das Gemeindehaus, weiter Richtung Johanneskirche stand früher mein Konfirmationshaus, hier hatten wir immer den Unterricht mit Pastor Stockum!
Nebenan, heute stehen dort Eigentumswohnungen, war das Pastorenhaus gewesen.

Gegenüber der Johanneskirche war früher das Gardinenhaus und Haushaltswaren Geschäft Zerwes. Daneben steht noch heute das Haus Meistertrunk. Viele Besitzer hatten schon versucht hier Fuß zu fassen, nicht allen gelang es.

Woran ich mich noch erinnern kann, es wurden etliche Veranstaltungen früher durchgeführt im Meistertrunk, da war zum Beispiel der RINGER VEREIN, dem ich später einmal angehörte und einige Kämpfe bestritten habe.

Ich half damals bei einer Vogelausstellung. Bei einer Verlosung durfte ich für viele Leute die Lose ziehen, so bekam ich auch einmal meinen ersten Wellensittich geschenkt.

Aber auch viel Musik wurde hier geboten, Bands traten hier auf, wie z. B. der viel zu früh verstorbene Peter Grzan mit seiner „Piet Kröte Peep Show."

Der Juwelier Heilkamp, hat sich nicht verändert vom Standort her, den gab es immer.

Gegenüber dann die Hülsmann Brauerei, hier wurde noch das gute Hülsmann Bier gebraut, man konnte viele Leute hier sehen die beschäftigt waren, an der langen Rampe wurde angeliefert und auch abgeholt.

Vieles kam mit Pferdekutschen, diese brachten Fässer oder holten diese, der Hopfen wurde abtransportiert, diesen guten Geruch hab ich heute noch in der Nase.

Die Straßenbahn der Linie 6, fuhr früher durch Eickel, direkt am Eickeler Markt an der Brauerei, bis zur Hauptstraße vorbei, der Original Brunnen mit der Jungfrau stand damals noch stolz auf den Eickeler Markt.

Das Café Messner steht immer noch dort, und es ist immer noch eine tolle Bereicherung für den Stadtteil Eickel.
Aber dann kam das Ereignis vom Café Messner, Herr Messner stellte eine riesige Torte her, sehr schwer und sehr hoch, ein Nachbau des Eickeler Brunnens mit der Jungfrau.

Diese Torte war im Stahlgerüst gebunden damit diese mit einem Gabelstapler auf einen Tieflader gehoben werden konnte. Später wurde sie dann angeschnitten und verkauft, das war ein tolles Ereignis.

Meine Schule darf ich natürlich nicht vergessen zu erwähnen, wo ich auch noch täglich hin musste, das war die Johannes Schule! Nach Beendigung dieser, trat ich eine Lehre auf der Zeche Hannibal an.

Wenn ich bis jetzt zurück blicke, war Eickel ein tolles Pflaster, mit vieles zu sehen und auch zu erleben!!!

Dann kam die Zeit das ich alleine Bus fahren und zur meiner kleinen Oma nach Börnig, am Teutoburgia Hof, und zur großen Oma nach Holsterhausen durfte.

Bei der kleinen Oma durfte ich Fernsehen wenn das Wetter gut war. Es wurden Bänke nach draußen gestellt und ein schwarz weiß Fernseher, so saßen wir dann mit mehreren Kindern drumherum, um dort zu gucken. Meine Oma musste dann immer 10 Pfennig bezahlen. Aber das schönste dorthin war die Busfahrt, denn alle Busse fuhren damals noch mit mit Strom, diese hatten oben zwei Masten diese gingen dann zu den Stromleitungen, wie heute die Straßenbahnen.
Als ich ausgestiegen bin, bin ich immer an dieser Haltestelle wo es das leckere Hanisch Eis gab, das war immer für Unterwegs gewesen.
Die Zeit die ich hier verbringen durfte, war einfach sehr schön und Lehrreich.

Herzlichen Dank Oma

Nun, komme ich zur meiner anderen Oma, genannt die große Oma. Sie wohnte mit Opa in Holsterhausen, in einem Zechenhaus mit Garten und Stallungen für Hühner.

Nun diese Hühner hatten nur einen Zweck, Eier legen. Wenn diese es mal nicht machten oder krank waren wurde diese vom Opa in der Küche gepflegt, das heißt, das Huhn wurde in einem Karton getan und neben den Kohleofen gestellt, um es zum wärmen und gleichzeitig wurde es vom Opa aus der Hand gefüttert mit Brotstückchen.

Hin und wieder wurde auch ein Huhn geschlachtet, nur was ich damals nicht wußte ist das anschließend diese noch geflogen sind, da sagte Opa zu mir ich soll in den nächsten Garten gehen und das Huhn zurück bringen.
Später gab es dann die leckere Hühnersuppe von Oma zubereitet.

Mit Opa habe ich dann eine tolle Zeit verleben dürfen, dazu komme ich später darauf zurück.
Opa bekam auch von der Zeche jedes Jahr Kohle geliefert,diese habe ich dann mit Opa im Keller gebracht,wo auch die Tongefäße von Oma standen welche gefüllt mit Gurken oder auch Sauerkraut waren.

Immer wenn der Winter nahte, ist mein Papa und ich mit der Holzkarre von Eickel nach Holsterhausen gelaufen um Kohle von Opa zu holen, damit wir es auch zu Hause warm hatten.

Es war schwer dann diese Holzkarre zu ziehen da der Weg kein Ende nahm. Nun zu Hause angekommen wurde dann die Karre entleert mit meiner Hilfe soweit was und wie ich konnte.

Und irgendwann hatte Papa ein Motorrad, da wurde dann die Karre fest gemacht und gezogen und ich durfte mich dann in die Karre setzen. Ach, was war das herrlich.

Später durfte ich auch dann und wann bei Oma und Opa schlafen, natürlich wurde mir vorher gesagt wie ich mich zu führen habe. Sei artig, höre, esse dein Essen auf. Denn ich war der besondere Enkel.

Jeden Morgen gab es ein Ei, Haferflocken Suppe mit warmer Milch. Anschließend Lebertran, aber von dieser Sorte der so grausam schmeckte, ja richtig nach Fisch. Irgendwann habe ich diesen dann nicht mehr genommen, dann musste ich eben mehr Haferflocken essen, schmeckte mir auch besser. Junge, waren die Worte von Oma, du willst mal groß und stark werden.

Danach musste ich zum Metzger, der ganz in der Nähe sein Geschäft hatte, und WURSTEBRÜHE holen, die Milchkanne abgegeben und voll wieder bekommen. Es kostete keinen Pfennig, diese wurde Mittags erwärmt und gegessen. Na ja, ist auch nicht jedermanns Geschmack.

Irgendwann kam die Cranger Kirmes, diese habe ich erst durch Opa kennen gelernt. Es begann, das wir zum Pferdemarkt gegangen sind, dort erklärte mir mein Opa wie die Pferde verkauft werden, dann sah ich es auch, per Handschlag wurde man sich einig. Die Stunden welche wir dabei waren, waren für mich ein großes Erlebnis, schon alleine die vielen Pferde sehen zu können, hatte mich erfreut.

Anschließend sind wir dann nach Herne gelaufen, denn der Flachmann von Opa war leer und musste aufgefüllt werden. Hier im Geschäft wurde der Flachmann mit Schnaps befüllt und wir sind dann wieder nach Hause gelaufen.

Nun zu Hause angekommen stellte Opa fest das der Hausschlüssel weg ist, Oma war auch nicht zu Hause. Was nun?, sagte Opa. Aber da hatte Opa die Idee die obere Fensterscheibe einzuschlagen. Gesagt getan, es knallte laut so hob mich Opa hoch so das ich durchs Fenster krabbeln konnte und die Tür so aufgemacht. Aber kaum waren wir drin war auch schon die Polizei da, mit der Bemerkung es wurde gerade hier eingebrochen. Naja, Opa konnte alles erklären und bereinigen und die Polizei war wieder weg. Aber als Oma zurück kam, und sie alles sah was passiert ist kam es zum Krach, indessen habe ich dann die Hühner gefüttert.

Eines Tages kam dann der Tag, wo Opa mit mir zur Cranger Kirmes gegangen ist. Es war der Tag auf den ich schon so lange gewartet und hingefiebert hatte, jetzt, war dieser Tag endlich da.

Ach, was war ich begeistert von all den schönen Farben, die Musik oder auch der leckere Duft nach Süßigkeiten, all die tollen Karussells. Aber die Hand vom Opa durfte ich nicht loslassen.

Wir gingen zuerst in einen Zirkus, was ich dort sah erstaunte mich umso mehr, denn dort waren nur sehr kleine Leute zu sehen. Opa sagte mir es wären alles Liliputaner, man was haben diese kleinen Leute uns zum Lachen gebracht.
Zwischendurch konnte man sich Süßigkeiten kaufen, was Opa auch für mich gemacht hat. Ich wollte aber mehr. Ich wollte fahren und fahren, durfte aber nicht, da Opa mir versprochen hatte das die Cranger Kirmes noch lange da ist und wir würden noch mehrmals dort hin gehen.

So tippelten wir wieder nach Hause wo schon das Abendbrot auf mich wartete, genau um 20;00 h bekam ich dann das Essen, wie immer, Haferflocken Suppe, Butterbrot und wieder Lebertran zum einnehmen.

Dann ab ins Bett.

Kaum hatte ich am morgen die Augen auf fragte ich schon Opa wieder, wann wir zur Kirmes gehen. Sobald Eröffnung der Kirmes ist gehen wir dort hin, sagte er. In der Zwischenzeit musste ich mit Oma im Keller die Gurken alle wenden ebenso das Sauerkraut. Damit fertig, noch Feuerholz holen damit der Ofen an blieb. Dann endlich, meine Augen strahlten, Opa zog sich an und wir gingen wieder los zur Cranger Kirmes, ker hatten wir Spaß.

Opa steuerte direkt auf ein weiteres Zelt zu, nur war dieses kleiner, es war ein Mäuse Zirkus, tausende von Mäuschen liefen dort herum, spielten miteinander verschwanden und kamen wieder. Mit der Zeit kam bei mir dann die Langeweile auf und habe mir dann son Mäuschen geschnappt, was auch das aus für uns war, denn wir mussten raus.

Egal sagte Opa, und lachte. So konnte ich mich dann richtig austoben, durfte Karussell fahren, Zuckerwatte essen, Pony reiten und so vieles mehr. Opa und ich hatten diesen Tag soviel Spaß gehabt, das ich zum Schluss noch ein dickes Eis bekam.
Dieser Tag hatte auch meine Kindheit geprägt, All diese schönen Erinnerungen mit Opa, sind einmalig, obwohl schon sehr krank gewesen hat er mir die bunte Welt gezeigt, nicht mit Schmerzen, sondern mit einem Lächeln im Gesicht.

Dann kam leider die Zeit, wo es meinem Opa immer schlechter ging und ein Jahr später wurden unsere Besuche auf der Cranger Kirmes schon weniger. Das Jahr darauf konnte Opa schon gar nicht mehr laufen und bekam auch weniger Luft.

Gezeichnet durch die Staublunge lag Opa nur noch im Bett. Eines Tages musste ich dann zu den Nachbarn rüber, was ich nicht verstanden habe, aber in dieser Zeit ist mein Opa verstorben.

Später durfte ich dann wieder zurück und man sagte mir das mein Opa nun im Himmel wäre. Ich durfte mich nun von Opa verabschieden indem ich Opa nochmal fest gedrückt habe. Mein Opa, der soviel mit mir gemacht hat, sagte nun nichts mehr, denn er war zu diesem Zeitpunkt schon verstorben.

Nach einigen Tagen war dann die Beerdigung von meinem Opa, es kam eine schwarze Kutsche mit schwarzen Pferden angefahren, alles, sogar die Pferde waren mit einer Schwarzen Decke belegt.

Der Sarg, wo Opa schon drin lag wurde herausgetragen und wurde auf die Kutsche gehoben und man setzte sich langsam in Bewegung, in Richtung zum Friedhof hin.

Die Straße entlang standen viele Leute, diese nahmen, als wir vorbei, gingen Ihre Hüte oder auch ihre Mützen ab und standen still zum Gebet. Auf den Friedhof angekommen wurde der Sarg umgeladen auf einen kleinen Wagen und wir gingen dann zum Grab. Ich habe Rotz und Wasser geheult.

Hier habe ich mich noch einmal endgültig von meinem geliebten Opa verabschieden können, es tat mir so im Herzen weh, dass ich nicht aufhören konnte zu Weinen.

Nun, was mir geblieben ist, sind die schönen Erinnerungen, mit und an meinem Opa, der mir vieles gezeigt hatte, wie viel Spaß man am Leben haben kann, auch wenn einmal das Geld knapp ist.

Der Spruch vom Opa war immer so:

„Mach aus wenig viel."

Und so hat auch Opa gelebt, oft mit einem leichten Lächeln im Gesicht.

Die Lehre

Nach meiner Schulzeit begann nun eine andere Wende, das Berufsleben stand bevor. Aber welche Ausbildung sollte ich beginnen, was wollte ich werden, zu dieser Zeit hatte man noch nicht die Vorstellungen welche man vielleicht heute schon hat.

Mein Vater war als Schachtmeister, bei einer Baufirma angestellt, und hätte es gerne gesehen wenn sein Sohn auch dort angefangen wäre, aber das war nichts für mich, bei Wind und Wetter draußen zu arbeiten.

Inzwischen sind meine Eltern und Geschwister in die Gartenstadt gezogen. Ich hatte mein eigenes Zimmer bekommen.

Bei der Berufswahl half meine Mutter. Ich konnte zu einem Vorstellungsgespräch gehen, dieses bezog sich für die Zeche Hannibal. Hier konnte ich mir aussuchen welchen Berufsweg ich einschlagen möchte, Elektriker oder Betriebsschlosser. Ich habe dann eine Betriebsschlosser-Lehre angefangen.

Dieses war der richtige Weg, denn ich hatte großen Spaß daran. Die Ausbildung dauerte 3,5 Jahre bis zur Gesellenprüfung.

Meine Lehrzeit begann in einer Lehrwerkstatt, auf der Zeche Hannibal, sie war in verschiedene Bereiche aufgeteilt, welche ich alle durchlaufen musste .

Die Stempelwerkstatt, diese wurden zur Stabilisierung unter Tage für den Ausbau benötigt, auch das Schmieden wurde erlernt, Werkzeuge herstellen, Werkzeugausgabe und besonders das Schweißen.

Nachdem die Lehrwerkstatt durchlaufen war, kam der Teil, wo ich für 6 Monate nach unter Tage, zu arbeiten kam. Es war nicht so wie ich es mir vorgestellt hatte, sondern ich musste auch hier von vorne anfangen, das heißt ich bekam eine große Panne um Kohle aufs Förderband zu schüppen. Ebenso lernte ich auch den Umgang mit einem Presslufthammer, um Kohle zu lösen. Dieses war ein harter Job, gehörte aber zur Ausbildung dazu. So konnte ich auch sehen was ein Bergmann leisten musste, um sein Geld zu verdienen.

Körperlich sehr anstrengend, Staubig, teilweise sogar sehr warm, so das man mitunter nur in Unterhose gearbeitet hatte.
Nach einiger Zeit kam ich dann im Lockschuppen, Hier wurden die kleinen Loks mit den dazu gehörigen Wagen durchgesehen und repariert.
Diese Anhänger mussten sicher sein, denn sie beförderten die Bergleute zu Ihrer Arbeit hin.

Da es manchmal viele Wegstrecken waren, was die Bergleute zurück legen mussten, wurde ein kleiner Personenzug eingesetzt, damit die Bergleute nicht so einen anstrengenden und weiten Weg zurücklegen mussten.

Im Lockschuppen beendete ich dann einen weiteren Durchgang. Mit einem Betriebsschlosser zusammen wurden mir nun die Tätigkeiten gezeigt welche später auf mich zukommen könnten.

Nun begann eine weitere Sachen in dieser Sparte zu lernen, denn als Betriebsschlosser musste man alle Arbeiten die so unter Tage hier anfallen auch können.

Darunter waren Gummibänder instand halten und reparieren, wenn diese gerissen waren, Kettenglieder und Mitnehmer am Panzer und andere Bauteile an den verschiedensten Maschinen auszuwechseln, oder auch Übertage bestimmte Teile zu fertigen, wenn diese nicht vorrätig waren.

Und immer wieder zwischendurch die Berufsschule besuchen, Zeichnen, Rechnen, oder Hausaufgaben zu tätigen. Auch der Sport kam nicht zu kurz, in der eigenen Turnhalle der Zeche wurde fleißig an den verschiedenen Geräten geübt und im eigenen Freibad baden gehen, dort konnte man dann auch seine Schwimmprüfungen abgelegen.

Gemeinsame Ausflüge ins Zeltlager nach Holland gehörten ebenso zum Programm wie Angebotene Weiterbildungen. Immer wieder musste ich zur Lehrwerkstatt um mich vorzubereiten auf meine Gesellenprüfung. Die verschiedensten Arbeiten hatte man uns aufgegeben, um ein Werkstück zu erstellen, diese bestanden aus Sägen, Feilen, Bohren oder auch polieren.

Zur Prüfung selber wurde bestimmte Teile vorgegeben welche dann nach einer Zeichnung hergestellt werden musste. Mein Gesellenstück war ein Fallschloss zu bauen. Es wurde später den Prüfern zur Begutachtung vorgelegt.

Ein paar Tage später hatten wir dann die Theoretische Prüfung. Erleichtert waren wir alle, als es hieß, dass wir alle bestanden haben. Der Jubel war richtig groß.

Nach bestandener Prüfung ging es dann wieder nach unter Tage um zu arbeiten, diesmal dann als Geselle. Nach einiger Zeit kam für mich dann das grauen, ich hatte einen Arbeitsunfall! Unverschuldet, lag ich für mehrere Monate im Krankenhaus Bergmannsheil in Bochum.

Mein Fuß hatte sich in einer Panzerkette verfangen, so das ich diesen nicht mehr heraus bekommen habe.

Viele Kumpel haben mir geholfen mich daraus zu befreien und mich nach Übertage gebracht. Dort wartete schon der Krankenwagen und dann ging es ab.

Nach dieser Zeit konnte ich meinen Beruf leider nicht mehr ausüben, es war sogar die Rede davon das ich eine Umschulung machen sollte, ich bekam dann aber eine leichtere Tätigkeit unter Tage zugewiesen.

Einen Fetteimer und Fettspritze waren nun fortan meine Begleiter gewesen. Alle Drehbaren Teile wurden damit mehrmals am Tag durch einen Schmiernippel mit Fett versorgt. Eine Tätigkeit die keine besonderen Anforderungen hatte.

Diesen Job habe ich dann noch viele Monate ausgeübt, aber mein Interesse nahm in dieser Zeit immer mehr ab, da für mich zu diese Arbeiten viel zu eintönig waren, sie mussten aber gemacht werden, damit sich nichts festfressen konnte.

So suchte ich über Tage nach einem neuen Job, was aber auch nicht so einfach gewesen ist. Verschiedene Abteilungen habe ich dann durchforstet, mit einem Ergebnis auf der Zeche aufzuhören.

Was von mir leider ein enormer Fehler war, wie es sich später herausstellte.

Was, habe ich erst später erfahren habe, denn ich war zu jener Zeit zu jung und unerfahren gewesen.

So bewarb ich mich bei anderen Firmen, wo ich mein Wissen einbringen konnte, oder auch weiteres dazu zu lernen. In dieser Firma erlernte ich das Schweißen. Durch Intensives Training in einer Ausbildungsstätte konnte ich dann die erste Prüfung ablegen, es war die Richtlinien-Prüfung, es war die erste aller Prüfungen, welche mir noch bevor standen.

Hier habe ich dann schnell gemerkt, dass mir das Schweißen sehr liegt und großen Spaß gemacht hat. So habe ich dann nach und nach weitere Prüfungen abgelegt, bis zum Rohrschweißer aller Blechdicken.

Während dieser Zeit hatten meine Eltern in Holland ein großes Hauszelt gekauft und aufgebaut, dieses blieb über die ganzen Sommermonate stehen, nur im Winter wurde es abgebaut und eingelagert.

Immer zum Wochenende sind wir nach Holland gefahren um dort zu entspannen. Dabei waren auch alle meine Geschwister, wir lernte so auch weitere Freunde kennen, und ich lernte dort das Autofahren. So konnte ich später meinen Führerschein mit nur sehr wenig Fahrstunden machen und bestehen.

Bedingt durch den Führerschein und ein Auto, war ich nun flexibel und ich konnte jetzt des öfteren nach Gelsenkirchen fahren, wo ich meine jetzige Frau, kennen und lieben gelernt habe.

Mit einem Kumpel besuchten wir dort eine Disco, nicht um zu Tanzen, sondern mein Kumpel musste sein Feuerzeug wieder einlösen was er als Pfand dort gelassen hatte, Durch die Wartezeit sah ich zwei Mädchen dort sitzen, welche im Gespräch vertieft waren, ich habe diese angesprochen und um einen Tanz gebeten, was nur von einer erwidert wurde, und dieses Mädel ist heute immer noch meine Frau und im Oktober sind wir 48 Jahre verheiratet.

Aber nun wieder etwas zurück.
Nachdem Kennenlernen meiner Frau wurde später unsere Verlobung gefeiert und zwar in der Gasstätte Harms, dort bekamen wir für wenig Geld viel zu Essen und zu Trinken. Hier zu Feiern war zu jener Zeit immer ein Erlebnis.

Dann bemühten wir uns um eine Wohnung welche wir später auch gefunden haben. Klein aber fein, mit Schrägen, Kohleofen, aber bei mir in Eickel. Nun zur Einrichtung, wir hatten gemeinsam satte 5.000 DM zur Verfügung, was damals eine Menge Holz war.

Damit sind wir nun zu einem Einrichtungshaus, dieses war schon immer in Wanne-Eickel ansässig gewesen, hingefahren und sprachen mit einem Verkäufer und teilten ihm mit, was wir alles wollten und was wir an Geld zur Verfügung haben. Der freundliche Verkäufer hat uns von A bis Z, also alles was wir brauchten, bis hin zum Warmwasserbehälter, also die komplette Wohnung eingerichtet, es fehlte uns an nichts.

Sicher, mit den Jahren wurde dann das eine oder andere mal ausgetauscht und erneuert.
Nur Einziehen durften wir leider noch nicht, da hatte der Vermieter etwas dagegen, denn die Wohnung war öffentlich gefördert und nur für Ehepaare und Familien gedacht. Also mussten wir mit dem Einzug noch warten, da wir noch nicht verheiratet waren.

Unsere kirchliche Hochzeit wurde Ende Oktober 1971 in der Johanneskirche vollzogen, es wa ein sehr schöner tag für uns.
Voller stolz trug ich meine jetzige Gattin über die Schwelle unserer eingerichteten Wohnung.

Die Ehe brauchte einige Zeit, es war mehr ein Zusammenraufen als wie ein harmonisches Zusammenleben. Es ist uns aber gut gelungen.

Wie unsere Tochter, wie es sich im dritten Ehejahr einstellte, geboren wurde, war ich stolz wie Oscar!!!
Nur meine Frau konnte ihre Arbeit leider nicht mehr aufnehmen, und blieb bei unserer Tochter. Was wieder benötigt wurde, war Geld, mehr Geld, Was wie in solchen Situationen nicht vorhanden war. So ging ich also auf Montage und wude als Schweißer eingestellt.

Wir bezogen später eine größere Wohnung in Wanne, ein Neubau mit Balkon und Heizung und ein schönes Kinderzimmer.

Die erste Baustelle wo es für mich hinging war nach Norddeutschland. Kavernenbau, hier wurden 10m lange Rohre, im Durchmesser von 1m und 2 cm dick miteinander verschweißt und danach in den Boden versenkt, diese dienten zu Ausspülungen.

Es gab noch viele, viele weitere kleinere Baustellen in Deutschland an der ich mitwirkte. Dann kam die Baustelle in Holland, sie war in Rotterdam. Das war sehr Interessant, denn es sollte eine Bohrinsel gebaut werden, eine schwimmende Bohrinsel.
Der Name der Insel war PANOM ZADAR.

Die Firma, für welche ich dort in Rotterdam tätig war hatte die Aufgabe die Schwimmfüße zu bauen und zu verschweißen.

Diese Tätigkeit war nicht einfach, es musste alles im liegen und unter Wärme verarbeitet werden, dazu die 24 Stunden Schicht. Aber nach einigen Monaten waren alle vier Schwimmfüße fertig, und wir begannen dann die einzelnen Sektionen der Bohrinsel zu bauen, welche zum befahren der Füße benötigt wurden.

Dann habe ich gehört; sollten die letzten Sektionen anstehen, werden diese in Jugoslawien auf dem Wasser, auf der Bohrinsel fertig verschweißt. Dieses war nötig weil die Teile sehr lang waren und die Insel nach Jugoslawien gezogen werden musste.

Für das Geld, war meine Entscheidung auf Montage zu gehen war richtig gewesen, bedingt durch die vielen Überstunden kam da richtig was zusammen.
Und mit der täglichen Auslöse kam eine schöne Summe Geld zusammen.

Na ja, Montage und das Geld, fehlende Reife und zu jung, ich habe verpulvert was nur ging, dazu kamen falsche Freunde, Kneipenbesuche in denen ich heute nicht eintreten würde, Würfelspiele um Geld usw.

Ich war sogar soweit das ich manchmal nicht nach Hause gefahren bin, weil es mir Spaß machte das Geld zu verjubeln.

Es ging solange, bis ich jemanden gefunden habe. Es war ein neuer Mitarbeiter, wesentlich Älter als ich, der mich wieder zurück auf den Boden geholt hatte.
Ab da an ging es mir auch wieder gut und ich habe meine Pfennige zusammen gehalten.

Als unsere Tochter im Kindergartenalter war, habe ich dann Frau und Tochter mit nach Holland genommen.
Es wurde eine Wohnung angemietet, und so konnten dann beide den Strand genießen, während ich am Arbeiten war.
So konnten wir gemeinsam am Wochenende die Tage verbringen oder etwas unternehmen, zum Beispiel Rotterdam und Zeeland besuchen.

Es war keine lange Zeit als meine Frau mit Tochter bei mir waren, ich muss aber auch sagen, dass es eine sehr schöne Zeit war. Nach einiger Zeit begleitete ich meine Familie wieder nach Hause, und ich bekam meine Bedenkzeit.
So haben wir auch lange Gespräche, dabei fiel das Wort Scheidung, führen können über Montage oder auch das verpulverte Geld. Aber besonders mein Leben dort. Nicht mit allem war meine Frau einverstanden gewesen, so wurde auch angesprochen, das ich, sollte die Insel mal fertig sein, die Montage-arbeit zu verlassen, damit wieder ein Familienleben stattfinden konnte.

Es kam dann die Zeit, das ich in Holland die Zelte abgebrochen habe und ich für 2 ganze Monate nach Jugoslawien musste, um die restlichen Arbeiten zu erledigen. Das war sehr interessant, und ich habe die Teilnahme nicht bedauert.

Der Flug von Düsseldorf nach Zagreb verging schnell. Die Kollegen und ich bezogen Hotelzimmer in Zadar. Täglich wurden wir vom Hotel abgeholt und zum Hafen gefahren, dort sind wir auf ein Schiff umgestiegen und zur Bohrinsel gebracht worden.

Je nach Wellengang musste man vom Schiff zur Insel klettern, wenn beides eine Höhe hatte. Dieses war immer eine gefährliche Kiste gewesen, schnell mal abgerutscht, ist man weg.

Die Arbeiten wurden auch hier in einer 24 Stunden Schicht erledigt. So hatte ich auch genügend Zeit mir nun zu überlegen wie es denn nun weiter ginge. Da habe ich dann meine Entscheidung getroffen, nach Beendigung meiner Arbeiten, wollte ich mit der Montage aufhören und zurück zu meiner Familie nach Wanne-Eickel.

Die Zeit aber hier auf der Bohrinsel möchte ich nicht missen, es war mehr als ein Erlebnis gewesen. Das Bordessen, und die Kameradschaft oder auch das Abschiedsessen war wie ein Traum.

Schön das ich das kennen lernen durfte.
Dann kam zum Schluss noch ein wichtiger Test mit der Rettungsinsel. Hinein passten 20 Leute, das Boot wurde von oben gelöst und stürzte im Tempo nach unten aufs Wasser. Es setzte richtig käftig auf, um nun auch eine Abschiedsrunde zu drehen, dann ab aufs Schiff zum Hotel, dort noch einige Tage verbracht und dann nach Hause geflogen.

Später bekam ich noch eine Anfrage ob ich für ein halbes Jahr nach Afrika möchte, aber nach reiflicher Überlegung sagte ich ab, zu voller Freude meiner Familie.

So habe ich später bei dieser Firma meine Kündigung eingereicht, da ich meinen Weg als Schweißer weiter gehen wollte. Ich besuchte darauf auch weitere Kurse, bis hin zum Lehrschweißer und Schweißfachmann.
So konnte ich auch später bei einer Firma anfangen welche nur GAS Leitungen verlegt hatte. Eine sehr schöne aber gefährliche Arbeit, speziell dafür musste ich weitere Prüfungen ablegen.

Und nun kann ich von mir behaupten das ich viele km Gasleitungen verlegt habe. Und so kam es auch mit der Zeit, dass ich vom Meister angesprochen worden bin, ob ich nicht mit ihm auf Montage ins Ausland gehen wollte.

Wieder kam ich ins grübeln, was soll ich nun tun, und habe darauf hin mit meiner Frau gesprochen, ihre Antwort war kurz und knapp, ich hörte nur das Wort Scheidung. Mein Entschluss war gefasst, ich gehe nicht mehr auf Montage.

Hat wohl meine Firma nicht verstanden, denn dahin brauchte ich auch bald nicht mehr zu kommen. Es kamen noch viele weitere kleine Firmen, es war aber auch dann nur kleines Geld gewesen.

Dann wollte ich noch einmal richtig Durchstarten, im Außendienst. Ich bewarb mich bei einer großen Firma welche technische Gase und flüssigen Stickstoff vertrieb. Mein Bereich war der flüssige Stickstoff, minus Temperatur von 196 °. Im Auto von mir war ein Tank von ca 1000 L Fassungsvermögen, damit habe ich dann meine Kunden angefahren.

Dazu gehörten auch die Bayer Werke in Wuppertal, war auch einer meiner größten Kunden, der Stickstoff wurde benötigt um Proben einzufrieren.

Auch Krankenhäuser, Ärzte, oder auch die Industrie benötigten diesen Stickstoff. Ich hatte auch immer Blumen dabei, um zu zeigen was der Stickstoff alles kann, tauchte die Blume im Behälter ein, diese fror sofort durch die enorme Kälte ein dadurch konnte man diese in einzelne Teile zerbrechen, was auch gut bei den Leuten ankam.

Überall wo ich auftauchte standen Leute, da beim Abfüllen es gut Qualmte. Wichtig hierbei waren immer, dass man die Sicherheitsvorkehrungen einzuhalten, da durch den Stickstoff Verbrennungen schnell passieren konnten.

Dieses war eine Tätigkeit welche mir großen Spaß gemacht hat. Fast 10 Jahre habe ich mit Flüssig Stickstoff gearbeitet, nun sollte es noch einmal eine große Herausforderung für mich geben, ich wollte mich noch einmal verändern. Meine Interesse galt weiterhin den Außendienst als Verkäufer. Ich hatte das Glück das zum Zeitpunkt eine sehr große Firma für Schweißzusatzwerkstoffe jemand gesucht hatte.

Also habe ich mich dort auch als Verkäufer beworben. Nach wenigen Tagen kam der erhoffte Bescheid, einen Termin zur Vorstellung. Dieses Gespräch hatte ich bei meinem späteren Verkaufsleiter, mit dem ich bis heute noch ein super Verhältnis habe.

Das Vorstellungsgespräch verlief positiv, so das ich einen vorläufigen Vertrag bekam, der beinhaltete das ich mein Gebiet sehr gut betreue, aber auch Neukunden gewinne. Dafür hatte ich ein Jahr Zeit, sollte ich mein Ziel erreichen, würde ich in einem Angestellten Verhältnis übernommen werden.

Die ersten Tage waren für mich Lerntage, ich habe mich im Betrieb vorgestellt und dann alle Abteilungen durchlaufen müssen, auch zu zweit waren wir die ersten Tage unterwegs gewesen.
Welchen Kundenstamm ich bekommen werde, was benötigt wird, und wie ich neue Kunden gewinne.
Es kam die Zeit, wo mein Verkaufsleiter für mehrere Wochen mit mir Unterwegs war, hier konnte ich nun zeigen was ich bisher so gelernt hatte.
Gemeinsam fuhren wir dann größere bestehende Kunden an, wo ich dann auch vorgestellt wurde.

Darunter war die Firma Schwing in Crange, sie war bekannt für die Herstellung von Betonpumpen, auch die Firma Eisenbau Krämer gehörte dazu, hier werden aus dickwandigen Blechen Rohre gewalzt, später alles verschweißt, per Automat und auch per Hand. Zum Einsatz kommen etliche UP Anlagen. Natürlich gab es noch viele weitere Betriebe welche ich aufgesucht habe. Da ich mein Gebiet auch vergrößern musste besuchte ich auch etliche neue Firmen im Ruhrgebiet.

Zu dieser Zeit produzierte meine Firma noch alles selbst wie Stabelektroden, Pulver, oder auch Drähte. Es war schon sehr Interessant einmal das alles zu sehen wie eine Herstellung dieser Produkte von statten ging.

Man hatte auch die Gelegenheit mit Kunden dieses Werk besuchen zu können, oder auch neue Produkte zu zeigen. Durch unseren Lehrschweißer wurden nach Terminabsprache beim Kunden unsere Schweiß-maschinen vorgeführt, dann blieben diese für einige Zeit beim Kunden um sie zu erproben. Danach wurden diese meistens auch gekauft.

Regelmäßig hatten wir auch Verkaufsschulungen, Gewinnung von neue Kunden, Terminplanung, oder auch Verkaufsgespräche. Diese Schulungen wurden regelmäßig gehalten, was für uns Verkäufer immer sehr wichtig war. Man lernte immer wieder etwas dazu, auch wurde man immer positiv eingestellt, sollte es mal Niederschläge geben..

Was Interessant war, als wir eine Schulung, in der Werft in Papenburg hatten. Nach der Schulung wurde uns dann die Werft gezeigt, von Anfang bis Ende. Wir hatten Glück, es wurde gerade ein Kreuzfahrt Schiff gebaut, es war die Aida.

Unsere Augen wurden immer größer als man davor stand, die Länge und die Größe von diesem Schiff war für uns vorher unvorstellbar. Vorab wurden einzelne Sektionen als Bausteine für die Aida hergestellt, später wurden diese dann zusammen gefügt, bis ein komplettes Schiff dort stand, nur der Innenausbau dauerte noch etwas länger.

Nach Fertigstellung der Aida wurde das innere der Werft wo das Schiff stand geflutet, und das Schiff konnte nach draußen gefahren werden. Ich kann nur sagen, das es einmalig war dieses zu sehen. Wer noch nie dort gewesen ist, kann ich nur sagen, fahrt dort hin besucht mal die Werft in Papenburg. Es lohnt sich.

Ein anderes Mal haben wir dann ein Fahrsicherheitstraining absolvieren müssen, weil wir täglich mit dem Auto unterwegs waren und viele km gefahren sind. Es war ein Training, was uns größere Sicherheit im Straßenverkehr gab und um die Ruhe in brennzligen Situationen zu behalten. Wir hatten alle mit großer Freude und Erfolg daran teilgenommen.

In dieser Zeit meiner Tätigkeit, habe ich viele Kollegen gesehen, welche gegangen oder auch neu gekommen sind. Diese Firma, oder der Außendienst war das Beste was ich je gefunden habe.
Viele neue Kontakte konnten geknüpft werden. Aber auch der Wettbewerb ließ nicht lange auf sich warten, denn es kam zu einer großen Verdrängung, jeder hatte die besten Produkte, jeder die besten Preise oder auch schnelle Lieferungen.

Der Markt war sehr heiß umkämpft. Alle Produkte waren ja fast gleich mit den unseren Produkten, aber der Sitz unserer Firma bot einen Vorteil...

Da sich unser Lager in Hattingen befand, hatten wir auch die Möglichkeit unsere Kunden schnell zu beliefern, ebenso kurzfristig mit Kunden nach Hattingen zu fahren um ihnen die neuen Produkte zu zeigen oder auch Maschinen vorzuführen. Das alles sprach für uns und auch für mich.

Mit der Zeit hatte man auch eine enorme Bindung zum Kunden aufgebaut, und das Vertrauen ist dadurch auch gewachsen.

Dann kam leider die Zeit, dass unser Außenlager in Hattingen geschlossen werden musste und alles wurde nach Düsseldorf verlegt. Es war nicht schön für uns Mitarbeiter, sondern auch sehr schlecht für unsere Kunden. Der Service den wir einmal angeboten hatten konnte nicht mehr so gewährleistet werden, denn das war unser Aushängeschild gewesen.

Leider spielten nicht mehr alle Kunden mit, so konnte unser Wettbewerb nicht mehr mit den eigenen Service Punkten und man konnte uns so etliche Kunden weg nehmen. Nun begann eine harte Zeit, nicht noch mehr Kunden zu verlieren, nur durch entsprechende Rabatte konnte man einige davon überzeugen nicht zu wechseln. All dieses dauerte einige Zeit, bis das der Kundenstamm wieder fest verankert war. Mühsam ernährte sich das Eichhörnchen.

Aber die Zeit sprach für mich, noch zwei Jahre dann bin ich in Rente. Bis dahin versuchte ich so viele Kunden wie möglich zu behalten. Was mir auch gelungen ist, aber nicht nur das, ich konnte den Kundenstamm sogar noch ausbauen.

Es kam dann die Zeit, langsam meine verdiente Rente einzureichen und später bei meiner Firma die Kündigung auszusprechen. Etwas, was mir sehr schwer gefallen war. Denn ein wenig war ich ja doch schon mit der Firma und den Kunden verwurzelt.

Bis zu meiner Verabschiedung und meinen verdienten Ruhestand, konnte ich noch meinen Nachfolger einarbeiten, alle Kunden anfahren und mich auch gleichzeitig verabschieden.
Später wurde dann für mich eine Verabschiedung im Hause geplant, denn 20 Jahre habe ich für diese Firma gearbeitet. Rückblickend kann ich nur sagen, das es eine sehr schöne Zeit für mich gewesen ist, denn wer sagt schon von sich, ich wäre heute gerne noch dort tätig.

Bei der Verabschiedung waren alle Kollegen mit Chef und Verkaufsleiter anwesend, es gab belegte Brötchen und reichlich zu Trinken und man erzählte sich alles, was man so in den ganzen letzten zwanzig Jahre mit mir erlebt hatte.

Dann kam ein weiterer Abschnitt für mich, meine Rente. Einerseits habe ich mich gefreut, andererseits war ich traurig.

Traurig war ich nun Abschied von allen Mitarbeitern zu nehmen mit denen ich viele Jahre eng zusammen gearbeitet habe, vieles machten wir gemeinsam, wenn das Team zusammen war hatten wir Spaß,was sich auch auf die Arbeit auswirkte. Ich konnte meine Erfolge draußen feiern, indem ich Kunden besuchte oder Neue Kunden gewonnen habe. Das Schöne am Außendienst war, der Kontakt zu den Kunden.

Es war zwar nicht immer einfach draußen, auch Niederlagen musste man hinnehmen, aber das gehörte dazu um zu lernen. All diese schönen Eindrücke musste ich nun zurück lassen.
Meine Freude kam als ich den Bescheid meiner Rente erhalten habe, ab heute bist du nun Rentner.

Meine ersten Gedanken waren, ach was schön, nicht mehr so früh aufstehen zu müssen, nicht mehr arbeiten, überhaupt keine Verpflichtungen mehr zu haben.

Aber das waren nur Gedanken gewesen. Es kam alles anders. Irgendwann kam bei mir die Langeweile auf, was ich vorher auch nicht wusste.

Das Wort Langeweile, gab es bisher für mich nicht.
Dagegen musste ich nun etwas tun.

Zuerst besuchte ich Kunden wo ich einen guten Draht
zu hatte, um mich ein wenig auszutauschen. Aber das
wurde im laufe der Zeit auch immer weniger.
Dann wurde ich von unseren Kindern angesprochen,
ob ich nicht deren Garten pflegen möchte, mit Hecke
und Sträucher schneiden, Rasen mähen oder mit ihnen
die Holzlieferung für den Kaminofen einzulagern.

Erst verneinte ich, merkte aber das es ein Fehler war
und sagte dann zu. Siehe da es machte mir großen
Spaß und die Zeit ging sehr schnell immer rum. Diese
Arbeiten erledige ich soweit wie ich kann bis heute
mit großer Freude. Worauf ich auch sehr stolz bin, ist
die Zeit, als mein Enkelsohn, ein Wonneproppen,
geboren wurde. Ich habe die erste Zeit intensiv
genossen, das Aufwachsen bewusst mitbekommen.
Sehr viel Zeit mit Ausflügen, Kindergeburtstage und
Kindergartenzeit verbracht.
Auch Kurzurlaube verbringen wir mit der kleinen
Familie, gern auf Norderney. Inzwischen ist der
Bengel 8 Jahre, geht in die zweite Klasse, spielt
Fußball im Verein und macht mir immer noch viel
Freude. Ich bin sehr stolz auf mein Enkel.

Dann machte ich das, was ich immer schon lange vor hatte, ich wollte mir ein Motorrad zuzulegen. Dieses Moped kann mit einem Auto Führerschein gefahren werden, da nur 125 ccm. Ein Chopper Yamaha. Ein edles Teil, sieht echt gut aus und super gepflegt mit viel Chrom. Im Sommer bin ich damit oft unterwegs, sehr oft sogar mit meinem Freund Horst Schröder, der ebenfalls ein Moped hat. Unser Aufenthalt ist immer in Haltern, dort halten wir uns auf, Frühstücken etwas und fachsimpeln übers Motorrad. Im Winter hält Moped dann seinen Winterschlaf und wartet darauf, im Frühjahr wieder aus seinen Winterschlaf erlöst zu werden.

Nun kann ich von mir behaupten das Wort Langeweile habe ich schon längst gestrichen.

Zum Schluss kann ich nur folgendes sagen, auch als Rentner kann man mit seiner Frau ein tolles Leben leben, wichtig dabei ist das wir beide lange gesund bleiben und das es so bleibt, aber dafür sorgt unser Sonnenschein, unser Enkelsohn. Oma und Opa sind heute sehr stolz darauf.

Das in der Zwischenzeit einige Schicksalsschläge in mein Leben zuschlugen, gehört zum Leben. Traurig aber unabwendbar und nicht einflußbar.

Als Bonus, einige von mir geschriebene Gedichte

Ich wünsche nun viel Spaß beim Lesen.

Zur Zechenschließung zum 21.12.2018, der letzte Zeche im Ruhrpott, Prosper Haniel

Schaltet der Bergmann seine Lampe aus,

schweren Herzens geht er nach Haus,

ein Blick zurück das fällt ihm schwer,

meine Zeche die gibt es nicht mehr,

auch wenn man mir alles genommen,

habe dafür viele neue Freunde gewonnen.

In einer Ecke da liegt noch sein Holz,

was ich behalte ist auch mein Stolz.

Glück auf !

© PG.

Der Regenmacher

Hugo war ein kleines Kind,

sein Vater dagegen stark, man nannte Ihn Wind

Hugos Mutter die liebe und voller Wonne

das ist die Sonne

nur Hugo stapfte weiter durch den Klee

da rief seine Tante, gleich kommt der Schnee

es wurde frostig und kalt,

nur Hugo stampfte weiter durch den Wald

bis zur einer Stelle welche hoch und breit

da standen die Familienmitglieder nun bereit

zu einer neuen Jahreszeit,

nur Hugo stand für sich allein

fing dann plötzlich an zu wein,

die Tropfen vielen auf den Boden

ach was war das für alle ein Segen

Mutter Sonne sprach sofort

Hugo,du bist von nun an

unser Regen.

© PG.

Der Bergmann

Jeden Tag das musste sein,

fuhr der Bergmann in den Pütt hinein

die Arbeit war sein hartes Brot,

von tief unten, hat er die Kohle geholt

er musste Ackern an Schüppe und Hammer

nur wenige Ecken waren seine Ruhekammer

große Pausen konnte man hier nicht machen

Augen auf, weil die Stempel fingen an zu krachen

der Kohlehobel ackerte hin und her

das Arbeiten unter Tage war für den Bergmann schwer

es musste immer mehr Kohle her

so wurde geschuftet bis zum Schluss

mit Schwitzen ohne Verdruss

und war die Schicht zu Ende

fuhr er nach oben und wusch sich die Hände

ein Zigarettchen wurde geraucht geredet und gelacht

dann ab zum Duschen und sich fertig gemacht

Zu Hause waren Frau und Kinder am warten

nach dem Essen gings in den Garten,

man war glücklich und zufrieden

spielte dann auch mal gerne Karten

am nächsten Tag fuhr er wieder ein

und freute sich wieder auf sein Heim

Tag für Tag, mal rein und rauf

mit dem Bergmannsgruß, Glück Auf

© PG.

Der Kindergarten

Im Kindergarten bin ich gewesen
lernte dort die Anfänge vom schreiben und auch lesen

dieses war ein schöner Hort
hatten dort auch manchmal Sport

irgendwann war die Zeit zu Ende
es begann eine neue Wende

die Schule stand nun an, pünktlich um 8 sie begann
kam der Lehrer dann ins Zimmer standen wir auf
das mussten wir dann immer

Die Zeugnisse gab es jedes Jahr
werden alle versetzt oder bleiben ein paar

warst du ruhig oder hast gebockt
dann gab es was mit dem Stock

Jahr für Jahr zogen wir dann weiter,
die Klassen empor wie auf eine Leiter

angekommen in Klasse 8
man wer hätte das gedacht

© PG.

Der Baum

hier steht er nun mit großen Wurzeln

dick und hoch man glaubt es kaum, der Baum

die vielen Äste sind zu sehen Verzweigungen in allen

Richtungen, wie viele Jahre mag er nur hier stehn

der Baum könnte uns soviel sagen

doch das Ungeziefer nagt an seinen Jahren

er ist traurig und auch sehr stumm

auch das größte Gewitter haut ihn nicht um

der Stamm tief und fest,

sogar Vögel bauen auf ihn ein Nest

wenn er kann sich entfalten

wirft er ab seine Blätter die alten

später zeigt er dann sein schönes Gesicht

im tiefen grün die Blätter wie ein Gedicht

viele Monate hagt er nun so aus,

bis es kommt der große Graus

der Winter naht heran

und nimmt sich die Blätter so viele er kann

nun steht er da so kahl geschoren,

er zeigt sich jedes Jahr

denn der Baum ist nicht erfroren

© PG.

Der Bratapfel

Die vorweihnachtliche Zeit
verbreitet Stimmung weit und breit

viele Generationen nehmen sich dann die Zeit
zu werkeln und zu basteln für die Weihnachtszeit

die Leute haben Spaß daran
und zeigen was man nicht alle kann

bricht dann der Abend herein,
man trinkt zusammen ein Glasel Wein

eines wird dabei nicht vergessen, das Essen
der Backofen wird auf Temperatur gebracht
4 Äpfel gefüllt so dass, das Herz nur lacht

ist der Ofen heiß genug
hinein die Äpfel und lass diese schmoren
der herrliche Duft steigt nun nach oben

so herzhaft, so süß so fein,
das kann doch nur ein Bratapfel sein

doch Vorsicht beim Schlemmen
man kann sich schnell den Mund verbrennen.

Der Nikolaus, er kommt jedes Jahr zum Fritzchen Gleiscafé unser Fritz und verteilt 1000 Tüten.

Dieser Mann ist allen bekannt
Nikolaus wird er genannt

einmal im Jahr ist er da,
am Fritzchen Gleiscafe ist doch klar

begleitet von der Mondritterschaft mit Fackeln und
Gesang, wird so machen Kindern bang

werden die Tüten dann verteilt
kommen aus allen Ecken die Kinder angeeilt

der Nikolaus bleibt so lange da
bis alles verteilt an die ganze Kinderschar

ein Weihnachtsmarkt der großen klasse
lockt nun an die große Masse

was ich hier schreibe ist keine Marotte
denn zu verdanken haben wir alles

Horst Schröder / Graf Hotte !

© PG.

Horst Schröder / Graf Hotte

In Wanne-Eickel lebt ein Mann,

der so eigentlich alles kann

bewegt hat er so viele Sachen,

weil alles Spaß ihn macht

nichts ist für Ihn eine Marotte

von wem ich spreche, ist Graf Hotte

nicht nur Musik ist sein leben

Kinder glücklich zu sehen ist sein bestreben

Gemeinsam mit seinen Rittern vom Mond

hat sich mache Aktion schon gelohnt

ein Weihnachtsessen jedes Jahr für Bedürftige

welche kommen in großer Schar

ein Weihnachtsmarkt im kleinen Stil,

Cranger Kirmes was den Waisenhaus Kindern gefiel

so gibt es noch so viele Sachen

wo Graf Hotte dabei ist diese noch zu machen

seine Verdienste haben sich gelohnt

Graf Hotte wurde mit der Ehrennadel der Stadt Herne

belohnt.!

© PG.

Der Herbst

der Herbst ist eine wunderschöne Jahreszeit
denn er zeigt seine Gefühle in voller Herrlichkeit

ein Farbenspiel der Natur,
Emotionen pur für eine gewisse Zeit

solange die Blätter des Baumes noch hängen
versucht der Wind alles zu verdrängen

mit all seiner Macht werden die Äste geschüttelt
bis das jedes Blatt runter gerüttelt

und erst auf den Boden wieder erwacht
nun stehen sie da so leer und kahl
fast trostlos wie ein Denkmal

Aber jeder Baum der ist bereit
für eine neue Jahreszeit.

© PG.

Dezember

Alle Kinder haben es vernommen
die letzte Jahreszeit ist angekommen

man freut sich auf dass Christkind und den Nikolaus
Knecht Ruprecht macht schon mal davon Gebrauch
holt auch schon mal die Rute raus

vorab werden geputzt und gebürstet
die Schuhe und die Stiefel

was wird denn nun genutzt
ich hab doch alles geputzt

was packt mir der Nikolaus wohl hinein
wenn ich ihn sehe
hoffentlich muss ich nicht wein

dann steht er da und füllt die Schuh,
ich lauschte und hörte ihn zu

gesehen hab ich ihn nicht
er war weg im nu.!

© PG.

Wintertag

die Jahreszeit ist nun da

es freut sich die ganze Kinderschar

der Schnee als dicke Flocken kommt herunter

das macht auch wiederum die Erwachsenen munter

die Kälte und auch der Frost

der Wind bläst stark von Nord Ost

ist nun genügend Schnee gefallen

an den Hängen sich die Kinder zusammen drängen

die Schlitten stehen parat

nun kann beginnen die lange Abfahrt

der Gaudi dabei der ist sehr groß

sogar die Alten haben ein Floß

aus Holz gebastelt und sehr lang

nur die Abfahrt macht ihnen ein wenig bang

man dreht sich und man fällt,

haben sich doch einige Kinder

ihnen in den Weg gestellt

zum Schluss waren alle geschafft

als letztes noch eine Schneeballschlacht gemacht!

© PG.